Cesare – Soraya Naomi

Chicago Syndicate spinoff novelle

Cesare
is een uitgave van
Dutch Venture Publishing
Copyright © 2021 Dutch Venture Publishing
Auteur: Soraya Naomi
Oorspronkelijke titel: *For Cesare*
Omslagontwerp: Jen Minkman
Omslagbeeld: depositphotos.com
Vertaling uit het Engels: Marije Minkman
Tekstredactie: Marieke Veringa
Eerste uitgave oktober 2021
NUR 343

HOOFDSTUK 1

Cesare – heden

IK BAAN ME EEN WEG door de drukte in dit paleisachtige witte landhuis aan de rand van East Hampton Village en begroet mijn baas, die in zijn luxe woonkamer zit. De hele crew is er, inclusief alle belangrijkste leden van het syndicaat van New York: Michael is de baas, ik ben de onderbaas en dan hebben we nog Lucia, de adviseur, en alle hoofdmannen die onder Michael en mij functioneren.

Iedereen is er met zijn partner of date om de aankondiging van Michaels huwelijk te horen. Mijn date loopt achter me aan.

'Michael,' begroet ik hem en ik ga naast hem staan, bij de open haard.

'We wachten op Joey,' zegt Michael terwijl hij zijn op maat gemaakte pak dichtknoopt. Zijn slanke, blonde aanstaande, Rachel, staat naast hem.

Ineens krijg ik het gevoel alsof er een rilling over mijn rug loopt en als ik me omdraai zie ik Joey naar ons toekomen.

Naast hem loopt zijn date en ik word ijskoud van binnen. Ik herken deze schoonheid in haar blauwe jurk, met haar zo zwart als het mijne en asgrijze ogen.

Wat doet Kinsey hier in hemelsnaam?

Ze is de laatste persoon die ik ooit verwacht had nog te zien. En ze is ook de enige die ik nooit heb kunnen vergeten. Maar als onderbaas van het syndicaat zal ik me rustig moeten houden.

Ze kijkt lachend om zich heen, totdat haar blik op mij landt en haar ogen groot worden.

Ik knik naar haar en zij blijft abrupt stilstaan.

Het is vijf lange jaren geleden dat ik haar voor het laatst gezien heb, maar haar verschijning doet me nog steeds veel. Het lijkt wel alsof de tijd stil staat terwijl alle emoties door me heen jagen. Ik bijt op mijn tanden en loop naar haar en Joey. Het is onmogelijk me te beheersen nu ik oog in oog kom met mijd oudste en beste vriend. Het meisje dat ik al ken sinds ik twaalf ben. De vrouw van wie ik heb gehouden en die ik gehaat heb.

Kinsey stapt achter Joey vandaan terwijl hij met iemand in gesprek is en ik pak haar bij haar arm. Met mijn één meter vijfentachtig toren ik boven haar uit. 'Wat doe jij hier in vredesnaam?'

Ze probeert zich los te trekken maar ze zwaait onhandig om zich heen en zegt met dubbele tong, 'Laat me los!'

Is ze dronken?

Nadat ik haar los heb gelaten, grom ik 'Je hoort hier niet –'

Mijn opmerking wordt onderbroken door een luide knal. Dan hoor ik schoten en de paniek breekt uit. Ik duik naar beneden en trek mijn Smith & Wesson uit de broekband waar ik hem onder mijn jasje verborgen had. Ik trek Kinsey mee naar beneden en bescherm haar met mijn lichaam terwijl ik ons achter de witleren bank probeer te krijgen. Mensen schreeuwen en duiken achter meubelstukken terwijl mannen het huis van Michael binnendringen, wild om zich heen schietend. Kinsey ligt trillend van schok onder me terwijl ik mijn pistool van de beveiliging haal, even over de bank kijk en een schot los. Maar dat is niet makkelijk als al onze mensen ook nog rondlopen.

'Cesare?!' hoor ik een man me roepen.

Ik draai mijn hoofd naar de hal en één van onze soldaten schuift een automatisch wapen over de vloer naar me toe. Snel grijp ik het en open het vuur.

Hij geeft andere leden ook nieuwe wapens en het geluid van geloste schoten vult de ruimte. Het is volledige chaos.

Ineens hoor ik een luide schreeuw en zie ik Michael, geknield en met zijn handen op de borst van zijn verloofde drukkend. Overal is bloed.

'Blijf hier!' beveel ik Kinsey.

Ze kijkt naar me op en knikt zwakjes.

Langzaam beweeg ik langs de bank en ik schiet nog twee aanvallers neer terwijl ik overal dode mensen zie liggen.

'Stop! We hebben ze allemaal!' roept één van de hoofdmannen.

Ik hou mijn wapen nog steeds getrokken terwijl ik van links naar rechts kijk. Ik zie bloed op de ramen en de vloer. Andere leden houden ook hun wapen getrokken, terwijl we de woonkamer inspecteren.

'Check de andere kamers,' beveel ik de hoofdmannen.

Ik haast me naar Michael, die stil op de grond zit, met Rachel levenloos in zijn schoot.

Mijn blik gaat naar de bank waar Joey inmiddels bij Kinsey zit. Het is moeilijk om me te concentreren omdat ik hem wel in elkaar zou willen slaan, alleen al omdat hij aan haar gezicht zit. Maar er zijn nu belangrijker dingen.

'Michael...' Ik kniel naast hem neer, net als hij met een woedend gezicht ontploft.

'Wat is er in hemelsnaam gebeurd?! Wie waren dit? Kijk nou hoe het er hier uitziet. Niemand gaat weg!'

Hij staat op en tilt Rachel op de bank. 'Kijk wat ze gedaan hebben! Is één van die klootzakken nog in leven? Ik wil er eentje levend hebben!'

Ik doe een stap naar hem toe en leg mijn hand op zijn schouder. 'Het spijt me, Michael, maar je moet even rustig worden. *Dobbiamo mantenere la calma.*' We moeten kalm blijven.

Michael haalt diep adem en ik zie hoe moeilijk hij het heeft. Wij zijn de baas en de onderbaas en moeten tegenover onze mannen altijd de indruk wekken dat we alles onder controle hebben.

'Hoe zijn ze hier in vredesnaam binnen gekomen, voorbij de beveiliging? Er moet wel een spion zijn. Wie is er hier nieuw? Als je iemand hebt meegenomen behalve je partner, laat ze dan tegen de muur aan gaan staan. We moeten ze ondervragen,' beveelt Michael.

Iedereen die niet getrouwd is laat zijn date tegen de muur aanstaan, maar als ik om me heen kijk op zoek naar de mijne, zie ik haar dood op de grond liggen.

Ondertussen bekijkt Michael iedereen van top tot teen en stelt vragen aan alle vrouwen die bibberend voor hem staan. De vijfde in de rij is Kinsey.

'Jij kwam binnen vlak voordat we werden aangevallen. Wie ben je?' vraagt Michael.

Kinsey is de enige die haar antwoord luid en duidelijk geeft. 'Kinsey. Ik ben hier met Joey.' Ze kijkt naar hem en dan naar mij.

'Hoe ken je haar, Joey?'

'Ze is een vriendin.'

Kinsey en ik staren naar elkaar omdat ik gewoon niet in staat ben om weg te kijken.

'Kennen jullie elkaar?' vraagt Michael als zijn blik op mij valt.

'Ja,' zeg ik, terwijl vijftien jaar aan herinneringen me overspoelt.

Ik ken haar als sinds ik twaalf ben. Ik ken haar beter dan ze zichzelf kent.

HOOFDSTUK 2

Cesare – 15 jaar geleden – leeftijd: 12

'ZE IS KNAP!' ZEGT TONY, terwijl hij naast me in de gang loopt na onze les.

We lopen langs het blonde meisje in kwestie, dat liefjes naar me glimlacht. Ik por Tony met mijn ellenboog omdat hij haar aanstaart en hij geeft me een duw.

'Kijk uit!'

Ik bots tegen een meisje aan dat voor haar kluisje staat.

'Sorry.' Ik stap snel naar achter. Ze is zo klein dat ik bang ben dat ik haar verpletterd heb.

Ze kijkt me nors aan en gaat dan door met haar boeken in haar tas te doen.

Ik draai me om en wil achter Tony aanlopen, die inmiddels bij de ingang van de school is, als ik haar zachtjes 'Klootzak' hoor zeggen.

Ik draai me weer naar haar toe. 'Ik zei toch sorry?'

Ze kijkt me bijna verveeld aan. 'Oké dan, Cesare.'

Heel even ben ik van mijn stuk gebracht. Dit meisje, van wie ik de naam niet eens weet, is de eerste die ooit mijn naam goed heeft uitgesproken. *Tjezare*, niet *Ceezar*.

'Hé, je spreekt mijn naam goed uit!'

'Ja, ik ken de geschiedenis wel.'

'Wat?' Ik heb geen idee waar ze het over heeft en dat is waarschijnlijk van mijn gezicht af te lezen.

'Cesare Borgia? Weet je niet waar je naam vandaan komt?' vraagt ze me alsof ze nog nooit iemand ontmoet heeft die zo dom is.

'Uhm...nee.'

'Cesare Borgia was de buitenechtelijke zoon van Paus Alexander de zesde en had naar verluidt een affaire met zijn eigen zus.' Ze slaat haar kluisje dicht en loopt weg.

'Echt?' Wow, ik had nooit verwacht dat ze dat zou zeggen en ik besluit achter haar aan te lopen. 'Hoe heet je?'

'Kinsey,' zegt ze terwijl de deur open doet en wegloopt.

Ik loop ook naar buiten en in plaats van Tony te zoeken ga ik achter haar aan. Ze loopt naar een rustig stukje van het park en gaat op het gras zitten met een boek.

Zonder er verder over na te denken loop ik naar haar toe. 'Wat ben je aan het lezen?'

Geschrokken heft ze haar hoofd op en vraagt ongelovig, 'Ben je me gevolgd?'

'Ja. Wat ben je aan het lezen?'

'Niets.' Ze probeert het boek snel dicht te doen maar ik buig me naar voren en grijp het uit haar handen.

Ik kijk verveeld terwijl ik de titel voor lees, '*Renaissance*...O God, je bent saai!'

'Als ik zo saai ben, wat doe je dan hier? Geef mijn boek terug!'

'Oké, oké...het spijt me! Ik meende het niet dat je saai bent,' geef ik toe.

Ze kijkt naar me terwijl ik mijn rugtas neergooi en naast haar ga zitten.

'Vertel me meer over Cesare, Kinsey.' Ik ben benieuwd naar het verhaal.

Ze kijkt me twijfelend aan. 'Wil je dat weten?'

'Nou, hij heeft seks met zijn zus. Dat is een vunzig verhaal.'

Ze giechelt en ontspant een beetje. Door haar glimlach zie ik de kuiltjes in haar wangen.

'Wil je de fatsoenlijke versie of de verknipte versie?' vraagt ze met een speels glimlachje.

'Hmm...de verknipte.' Ik lach en geef haar een knipoog.

In de uren daarna leert Kinsey me meer over de renaissance dan andere jongens van mijn leeftijd ooit zullen weten. De tijd vliegt terwijl we kletsen en lachen. Ze is heel cool maar ze komt ook verdrietig over.

Ik kijk naar haar terwijl we op onze rug in het gras liggen. 'Waarom ga je hier alleen naar toe?'

Ze zucht en net als ik denk dat ze geen antwoord gaat geven zegt ze, 'Omdat mijn vader thuis is. En hij is altijd high.'

'O...en je moeder?'

'Die is al heel lang weg.'

'O.'

We zijn stil en kijken naar de wolken in de lucht.

'Wil je bij mij komen eten?' vraag ik. Ik weet dat mijn moeder het nooit erg vindt als ik iemand meeneem, omdat ze altijd teveel eten klaar maakt.

'Oké.'

En dat is hoe onze vriendschap begon. Kinsey had een vreemde fascinatie met geschiedenis en het was leuk om tijd met haar door te brengen, in tegenstelling tot de Italiaanse meisjes met wie ik was opgegroeid. Maar vrienden zijn met een meisje was niet makkelijk, zo bleek in de jaren die volgden.

HOOFDSTUK 3

Kinsey – Heden

'KENNEN JULLIE ELKAAR?' wil de Italiaanse man die Michael heet weten.

'Ja,' zegt Cesare terwijl hij me met zijn karamelkleurige ogen indringend aankijkt.

Al deze mannen hebben een maatpak aan, net als Cesare. Dat en de schietpartij die net heeft plaatsgevonden maakt het meteen duidelijk waar ik ben: het syndicaat van New York.

Cesare en Michael stralen autoriteit uit en alle vrouwen om me heen staan te trillen van angst. Alles om me heen lijkt net zo onwerkelijk als de geur van bloed en kruitdampen die in de lucht hangen.

'Op welke manier?'

'Dit is *mijn* Kinsey,' legt Cesare uit.

Zo, dus Cesare heeft over me gepraat met Michael?

'En Joey, hoe ken *jij* haar?' Michael kijkt hem met een frons op zijn gezicht aan.

'We hebben elkaar een paar dagen geleden in een café ontmoet.'

Cesare gaat gefrustreerd met een hand door zijn haar.

Ik heb moeite om van hem weg te kijken en mijn hart doet pijn om hem na zo'n lange tijd te zien. In zijn maatpak, waar zijn gespierde lichaam geweldig in uitkomt, ziet hij er anders uit dan de jongen waar ik van hield. Hij is alleen maar knapper geworden. Maar met zijn baard en zijn langere haar ziet hij er ook harder uit dan vroeger. Ik had mezelf erop ingesteld dat ik hem nooit meer zou zien en ik ben helemaal overweldigd.

'Ik moet met Kinsey praten,' kondigt Cesare aan en trekt me aan mijn bovenarm de gang in en stapt de eerste slaapkamer in die we tegenkomen.

Enigszins aangeschoten realiseer ik me eindelijk dat ik flink in de problemen zit.

'Zo, dus je neukt met mijn hoofdman?' sist Cesare.

De vijandigheid is overduidelijk te voelen. Toch voel ik naast angst ook een opstandigheid opkomen. Na vijf jaar kan er niet eens een hallo vanaf?

'Dat gaat je niks aan.'

Hij doet een stap dichterbij. 'Op het moment dat je naar dit feestje kwam ging het me wat aan.'

Ik probeer alles weer op een rijtje te krijgen. maar met hem zo dichtbij me is dat niet makkelijk. Zijn bekende *eau de cologne* haalt herinneringen naar boven die ik ver weggestopt had.

'Jezus, Kins! Wat doe je hier?'

'Ik...*shit!* Ik ben gewoon vrienden met Joey en hij nodigde me uit voor... voor dit bloedbad.'

'Hoe heb je Joey leren kennen?'

'In een café. Cesare...'

Op het moment dat ik zijn naam hardop zeg, lijkt het alsof we ons nu pas echt realiseren dat we tegenover elkaar staan. Cesare doet een stap naar voren. Zijn adem streelt mijn gezicht en ik leg als vanzelf mijn hand op zijn borst. Hij legt zijn hand op de mijne en ik voel de warmte van zijn huid afkomen.

'Kins,' fluistert hij gepijnigd en hij trekt me langzaam naar zich toe.

Ik adem diep in als hij zijn hoofd tegen mijn nek legt, zoals hij vroeger altijd deed. De pijn die ik gevoeld heb toen hij niet meer in mijn leven was, komt naar boven. Mijn hele lichaam wordt door hem aangetrokken, alsof de tijd onze gevoelens totaal niet heeft veranderd

Ik herinner me wat hij al die jaren geleden tegen me zei: *Nu zal ik voor je zorgen.*

Maar dan doet hij een stap terug, schudt zijn hoofd en laat mijn hand los. Hij wrijft over zijn baard terwijl hij me aan blijft kijken. 'Wat is er met je gebeurd? Je ziet er anders uit. Niet zoals *jij*.'

'Ik *ben* ook anders. Er is vijf jaar voorbij gegaan. Ik ben veranderd.'

'Ja, misschien...'

'Wat gaat er nu gebeuren?' vraag ik.

Cesare kijkt me alleen maar diep in gedachten aan. Plotseling beveelt hij me, 'praat met niemand! Beantwoord alleen de vragen van Michael.'

'Wat? Waarom? Ga je me hier houden?' wanhopig doe ik een stap naar voren, maar hij stapt naar achter alsof hij het niet aankan om dichtbij me te staan.

Voordat hij de deur uitloopt zegt hij bitter, 'Kinsey, doe nou maar gewoon wat ik zeg, of...'

Cesare maakt zijn dreigement niet af en ik slik. Hij is woest. Ook al probeert hij het te verbergen, ik zie zijn neusvleugels op en neer gaan. Ik kan het beste naar hem luisteren, dus ik knik. Ik weet niet precies wat zijn bedoeling is. Ik wil zoveel tegen hem zeggen, maar het kan niet. Onze reünie wordt overschaduwd door moord.

Zonder nog iets te zeggen doet hij de deur open en gebaart dat ik hem moet volgen.

Als we de woonkamer weer in lopen, zie ik dat er minder mensen zijn. Er zijn al mensen bezig om de lijken te verplaatsen.

Cesare schreeuwt, 'Waar is Michael?!'

'Hij legt Rachel in zijn kamer,' antwoordt Joey en kijkt me snerend aan als Cesare wegkijkt.

Ik blijf ongemakkelijk staan, maar ik negeer hem. *Dit is onwerkelijk.*

Michael komt terug en loopt langs me heen naar Cesare. Ze fluisteren tegen elkaar.

Dan wijst Michael naar mij en vijf andere meisjes. 'Jullie blijven hier tot ik naar jullie allemaal onderzoek gedaan heb. Als ik erachter kom dat één van jullie betrokken was bij de moord op mijn verloofde, kom je hier niet levend vandaan.'

'Je kan ons hier niet gevangen houden!' zeg ik zonder na te denken.

Cesare kijkt me ijzig aan, me tot stilte manend.

Michael houdt zijn hoofd schuin en zegt, 'doe wat ik zeg of ik laat je dingen zien die nog erger zijn dan de dood.'

Een rilling gaat door mijn lichaam en ik hou mijn mond. Een man met een zwaar Italiaans accent grijpt me bij mijn arm. 'Loop.'

Ik trek mijn arm terug maar dan staat Cesare ineens voor me en duwt de Italiaan van me weg.

'Niemand raakt haar aan!' zegt hij, dreigend de kamer rondkijkend en eindigend bij Michael. Die maakt een gebaar dat bijna niet te zien is. Het is alsof ze zonder woorden met elkaar communiceren.

'Cesare,' zegt Joey, 'ze is *mijn* date. Wat doe je?'

'Trek je mijn gezag in twijfel?' snauwt Cesare.

De andere mannen kijken verbaasd.

'Nee! Maar...wat is ze voor jou?'

Michael en Cesare kijken elkaar weer aan en Cesare's blik wordt anders.

'Wie ze voor mij is?' Hij kijkt me aan. 'Ik heb haar ontmaagd.'

'Jij klootzak!' schreeuw ik, niet in staat om me in te houden.

Cesare grijnst en de spanning onder de mannen in de kamer verdwijnt. Gehaast trekt Cesare me achter hem aan, terug naar de kamer en gooit me bijna op bed.

'Je blijft hier vanavond.'

Voor ik de kans krijg om te reageren, slaat hij de deur achter zich dicht en doet hem op slot terwijl ik er met mijn vuisten tegenaan sla. 'Cesare?!'

Maar hij is al weg en ik zit hier opgesloten. Dan realiseer ik me dat dit niet de Cesare is die ik vroeger kende, maar toch ook weer wel. Hij is altijd al beschermend geweest, tot in het extreme, precies zoals hij vandaag was. De jaren hebben hem alleen harder gemaakt. Hij is waarschijnlijk in een hoge positie binnen het syndicaat terecht gekomen.

Ik ga op de rand van het bed zitten en laat mijn gedachten over het verleden de vrije loop.

HOOFDSTUK 4

Kinsey – 11 jaar geleden – 16 jaar

Cesare is al vier jaar mijn beste vriend, maar de laatste tijd is het anders. Iedere keer als hij me aanraakt, merk ik het op. Ik zie ook dat hij leuk is. Andere meisjes op school flirten altijd met hem en de laatste tijd begin ik het irritant te vinden. Ik heb er niks over tegen hem gezegd, maar het heeft er wel voor gezorgd dat er een afstand tussen ons is ontstaan. Vroeger zag ik hem bijna drie keer per week. Nu spreek ik hem vaak dagenlang niet.

Soms vraag ik me af of hij meer betrokken aan het raken is bij de bende van zijn vader. Ik ben erachter gekomen dat Cesares vader bij het syndicaat van New York zit en ik weet dat zijn vermogen komt van *Cosa Nostra,* de criminele wereld. Cesare weet dit natuurlijk ook, maar hij zegt dat het geen deel uitmaakt van zijn leven – nog niet.

Vandaag na school lig ik op mijn rug te lezen in het park als Cesare naar me toe komt.

'Hé, *piccolina.*'

Omdat ik één meter zestig ben en maar niet groei, noemt hij me *piccolina* – Italiaans voor kleintje.

Cesare ploft neer, legt zijn hoofd op mijn buik en pakt mijn boek uit mijn handen, zodat ik hem aankijk. 'Wil je afspreken vanavond?' Hij gooit mijn boek op de grond en draait zich om zodat hij met zijn kin op mijn buik rust.

Hij is zo knap en ik moet me inhouden om niet mijn vingers door zijn donkere haar te laten gaan. Zijn donkere haar, dat continu over zijn voorhoofd valt en maar niet op zijn plek blijft zitten.

Hoewel ik hem graag zou zien vanavond, heb ik wat anders te doen. 'Ik kan niet.'

Hij trekt een wenkbrauw op. 'Wat ga je doen?'

'Ik heb een date,' zeg ik zachtjes.

Cesare gaat direct rechtop zetten en ik doe hetzelfde, zodat hij niet boven me uit torent.

'Een date?' zegt hij sceptisch.

'Ja, een date.' Het is mijn eerste date ooit dus het is niet raar dat hij verbaasd is.

'Met wie?' Ik zie een ader op zijn voorhoofd kloppen en hij ziet er gespannen uit.

'Ben je boos? Jij hebt zo vaak dates en je vertelt me er altijd uitgebreid over. Ik moet ook eens daten. Ik ben al bijna zestien en ik heb nog nooit gezoend! Het is belachelijk. Ik zou bijna een escort huren.'

Hij lacht hardop, maar het moment is ook weer snel voorbij als hij zachtjes zegt, 'ik mis je.'

'We kunnen morgen wel afspreken?'

'Waarom beantwoord je mijn vraag niet?'

Eerst weet ik niet waar hij het over heeft, maar dan zeg ik, 'o, mijn date is met Parker.'

'Ik haat hem!' zegt Cesare.

Ik ben verbaasd door zijn reactie. Zou hij misschien hetzelfde voelen als ik? Hij kan ieder meisje krijgen, maar zou hij mij willen?

Ik moet het weten, dus ik vraag hem, 'waarom ben je zo boos? Is...wil je niet dat ik ga?'

Hij kijkt me aan terwijl hij nadenkt over zijn antwoord. 'Als je wil gaan, dan mag je gaan. Maar doe wel voorzichtig.'

O, toch wel? Heb ik deze situatie helemaal verkeerd gelezen?

'Dan mag ik gaan?' sis ik en sta op. 'Ik heb jouw toestemming helemaal niet nodig. Wees gewoon mijn vriend en steun me. Zeg gewoon veel plezier, zoals ik altijd doe als jij op date gaat met ieder meisje op school!'

Cesare kijkt alsof ik hem in zijn gezicht geslagen heb. In plaats van nog te reageren, staat hij op en loopt weg.

Dus ik ga naar huis en maak me klaar voor mij eerste date en hopelijk mijn eerste kus. Ook al is het niet met de jongen die ik gewild had, ik ben toch nerveus. Ik heb te lang gewacht tot Cesare me zou kussen en ik ben er klaar mee om te wachten.

HOOFDSTUK 5

Cesare – 11 jaar geleden – 16 jaar

IK STALK KINS OMDAT ik het niet uit kan staan dat ze een date heeft. Ik weet dat ze me alleen ziet als broer, maar ik zie haar zeker niet als mijn zus. Ik ben al boven de één meter tachtig, maar Kinsey is nog steeds even klein, al zijn haar lichaam en gezicht wel veranderd. Haar heupen en kont zijn voller en haar dikke, roze lippen zijn een marteling voor me. Mijn hormonen draaien overuren en ik blijf over haar dromen. Als ik andere meisjes zoen, zie ik haar voor me. Ik wil *haar* zoenen. Haar gladde, bronskleurige huid aanraken. Met mijn handen door haar lange, zwarte haar gaan. Haar proeven. Haar neuken.

'Fuck!' Ik schreeuw het uit van frustratie.

Ik had tegen haar moeten zeggen dat ze niet moest gaan. Ik kan het niet aan dat ze nu danst met Parker en dat hij haar aanraakt. Daarom ben ik nu bij Bar 50 – de enige bar waar jongeren naar binnen mogen – en volg ik Parker naar de WC.

Voordat hij naar binnen stapt, geeft een vriend hem en een boks en zegt, 'Zo, neuk je Kinsey vanavond, Parker?'

'Dat is het plan.'

'Lekker bezig! Nog een maagd voor je.'

Dit is waarom ik een hekel heb aan Parker. Hij is een arrogante klootzak maar hij weet het goed te verbergen. Ik volg hem naar de WC en stap achter hem aan het hokje in.

'What the fuck?!' schreeuwt hij.

Ik doe snel de deur achter me op slot en duw hem naar achter op het toilet.

'Cesare! Fuck!' Hij weet precies wat ik hier doe en hij probeert op te staan, dus ik sla hem op zijn neus.

'Ik geloof dat ik duidelijk heb aangegeven dat Kinsey *off limits* was,' grom ik en ik grijp hem bij zijn kraag.

'Ik zou haar niet echt geneukt hebben, man.'

'Nee, dat klopt. Als ik je ooit nog bij haar zie, snijd ik je keel door.'

Zijn onderlip trilt. 'Shit. Sorry, man. Ik blijf van haar vandaan.' Hij steekt zijn handen omhoog, dus ik laat hem los en hij valt weer naar achter op de toiletpot.

Dan doe ik deur van het slot, was mijn handen en loop naar Kins.

Ze zit op een barkruk en ziet er ongelofelijk lekker uit in haar strakke broek en gouden top, die is vastgeknoopt in haar nek. Kinsey zegt altijd dat ze zo klein is dat niemand haar ziet, maar dat is totaal niet waar. *Ik* zie haar. Ik zie alleen maar haar. Ik weet dat dit meisje zowel van buiten als van binnen prachtig is.

Ik druk mijn borst tegen haar rug en leg mijn handen aan weerszijden van haar op de bar.

Ze draait zo snel haar hoofd om dat ze tegen mijn neus aanstoot.

'Auw!' ze wrijft schattig over haar neus heen en fronst.

'Hé Kins, het spijt me van eerder.' Ik druk mijn borst nog een keer tegen haar rug aan en ze zucht.

Ze leunt tegen me aan en ik ga rechtop staan zodat haar hoofd tegen mijn borst aanvalt.

'Excuses aanvaard.'

Ik ga met mijn handen over haar armen heen en ik voel een rilling door haar heen gaan als ik een kus bovenop haar hoofd druk.

'Wat doen we, Cesare? Ik ben hier met Parker.' Ze draait rond op haar barkruk en breekt ons intieme contact.

'Hij is weg.'

'Wat? Hoe weet je dat?' Ze kijkt om zich heen.

'Hij praatte niet goed over je. En je had gelijk. Ik wil niet dat je dat deze date hebt.'

'Waarom niet?'

'Omdat ik niet wil dat andere jongens je aanraken.'

Een voorzichtige glimlach vormt op haar gezicht. 'Dus...?'

'Dus...uhm.'

'Cesare!' Een blonde cheerleader van de andere school onderbreekt me en legt een hand op mijn arm.

'Wie ben jij?' vraag ik geïrriteerd.

'Ik heb over je gehoord. Je hebt met mijn vriendin gedatet...' Dan kijkt ze naar Kins. 'O hé, jij bent vast zijn zus?'

Voordat ze antwoord kan geven, zeg ik, 'Ja.'

Kins kijkt me gekwetst aan en begint haar stoel om te draaien, maar ik hou haar tegen.

'Ga weg, alsjeblieft. Ik moet met mijn zus praten.' Ik kijk Kins aan, grijns naar haar en doe een stap dichter naar haar toe.

Het meisje kijkt naar ons en loopt dan naar haar vrienden aan de andere kant van de bar.

Ik pak haar hand vast en trek haar mee naar de dansvloer, terwijl de groep meiden naar ons blijft kijken.

'Wil je ze choqueren?' vraag ik.

'Waar dacht je aan?' zegt ze met een ondeugende blik.

Ik trek haar tegen me aan, leg mijn armen om haar middel en buig mijn hoofd zodat onze gezichten dicht bij elkaar zijn. 'Ik ben Cesare en jij bent Lucrezia en we hebben een hele vunzige affaire.'

'Een incestueus schandaal?' Ze bijt speels op haar lip en legt haar handen in mijn nek. Ze drukt haar borsten tegen me aan en ik voel het overal.

'Laten we dansen,' fluister ik.

Samen laten we ons meevoeren door de muziek. Het voelt alsof ik ben thuisgekomen nu ik het juiste meisje in mijn armen heb. Ze kijkt me stralend aan. Kins voelt dit ook. Ik voel me compleet voldaan. En dan verandert er iets en ontstaat er een onmogelijke spanning. We horen de muziek niet meer en we zijn op een moment aangekomen wat ons leven voor altijd zal veranderen.

Ik buig mijn hoofd naar dat van Kins en laat mijn lippen over die van haar glijden, terwijl mijn handen naar haar kont gaan. En dan druk ik mijn mond volledig tegen de hare en ik voel mezelf hard worden als ik haar tong tegen de mijne voel.

Buiten adem stop ik onze kus en laat mijn voorhoofd tegen het hare rusten. 'Je lippen zijn zo zacht,' zeg ik.

'Die van jou ook.'

Ik grom.

'Wat?'

'Ik wil niet horen dat er iets aan mij zacht is,' antwoord ik.

Een klein glimlachje vormt op haar lippen en het maakt haar nog mooier dan ze al was. 'Het spijt me.'

Ik kijk alleen maar naar haar en neem haar in me op. Hoe haar amandelvormige ogen haar er exotisch doen uitzien.

Ze kijkt over mijn schouder en lacht. De groep meiden kijkt ons vol afgrijzen aan.

Ik moet ook lachen. 'Mijn Lucrezia. Ik ga je nog een keer zoenen.'

Ik hou haar gezicht vast en druk mijn mond tegen de hare. Ze reageert vol enthousiasme en ik wil alleen met haar zijn.

'Laten we gaan.'

'Ja, graag,' zegt ze. Ik pak haar hand beet en we lopen naar mijn BMW.

TEVREDEN LIGGEN WE op ons plekje in het park. Kinsey ligt naast me met haar hoofd op mijn borst. Ik veeg haar haar weg van haar voorhoofd.

'Cesare?'

'Ja?'

'Ben ik nu je vriendin?'

Ik stop de beweging van mijn hand door haar haar en ze tilt haar hoofd op.

'Natuurlijk ben je dat,' zeg ik. 'Wat dacht jij dan? Je bent nu van *mij*.'

Ze twijfelt voor ze het volgende zegt. 'Niet boos zijn. Ik ben niet het eerste meisje wat je gezoend hebt en daarna niet meer gedatet hebt. Ik wilde het gewoon weten.'

Ze weet altijd zo goed hoe ze me moet kalmeren en ze geeft me zo'n goed gevoel. Ik vind dat geweldig aan haar.

Ik laat mijn hand weer door haar haren glijden. 'Jij bent zeker mijn vriendin. En je zal mijn eerste zijn wat betreft andere dingen. Want ik beloof je, we zullen zeer binnenkort veel meer doen dan alleen maar zoenen.' Ik verras haar door haar razendsnel bovenop me te trekken. 'Voel eens een hoe hard ik voor je ben. Omdat je zo lekker bent. Ik wil je proeven.'

'Als in...een hapje nemen?'

Ik lach. 'Nee. Ik wil je kutje proeven, *piccolina*. Je likken.'

Kinsey trekt haar wenkbrauwen op. 'Uhm...'

'Het gaat gebeuren, schatje.' Ik trek haar naar voren en kus haar lippen. 'Ik ben zo geil.' Ik grom in haar nek terwijl ze bovenop me zit.

Langzaam gaat ze rechtop zitten, met een glinstering in haar ogen. 'Is er...iets dat we kunnen doen?'

Nu is het mijn beurt om verbaasd te zijn. 'Ja. Je kan me aanraken.'

Ze glijdt naar beneden en ik doe mijn broek open. Ze laat haar vingers over mijn pik gaan.

Haar voorzichtige aanraking is zo betoverend en ik word meteen harder. Ik leg mijn hand op de hare en laat haar zien hoe ze het beste kan bewegen.

Het is zo geil om te zien hoe ze me aftrekt en ik kom al bijna klaar als ze vraagt: 'mag ik proeven?'

Ik grom. 'Je wordt nog eens mijn dood. Ja!'

Liefjes likt ze het topje van mijn lid en laat me haar mond in glijden terwijl ze pompt met haar hand. Ik laat mijn hand in haar haar glijden en ik laat mijn hoofd naar achter vallen terwijl ik haar hoofd voorzichtig stuur.

'Kijk uit met je tanden,' waarschuw ik en ik schreeuw het uit van genot.

Mijn stem breekt de stilte van de nacht als ik in haar mond klaarkom.

Ze slikt en kruipt omhoog tegen me aan met een glimlach op haar gezicht. In stilte kijken we naar de sterrenhemel.

HOOFDSTUK 6

Kinsey – heden

HET IS EEN ONRUSTIGE, slapeloze nacht. Er is niemand binnengekomen, maar ik heb wel een hoop ophef gehoord de afgelopen uren en ik herkende Michaels harde stem.

Nadat ik heb gedoucht in de badkamer, komt Cesare terug in zijn grijze maatpak met donkere kringen onder zijn ogen.

'Kinsey, nu ik wat tijd heb gehad om na te denken, wil ik je wat vragen stellen.' Hij doet de deur achter zich dicht.

'Oké...' Ik voel een rilling over mijn rug gaan.

'Hoe heb je een relatie gekregen met Joey?'

'Ik zei al: ik ken hem nauwelijks.'

'Maar ik ken *jou* en jij bent niet het type dat zou optrekken met iemand als hij.'

Hij heeft geen gelijk. 'Je kent me niet meer. We zijn al vijf jaar geen vrienden meer. Ik ben veranderd.'

Hij kijkt me spottend aan. 'Ik zie het, ja.'

'Wat bedoel je daar nou weer mee?!' Ik hou mijn hoofd schuin.

Hij negeert mijn vraag en doet een stap dichterbij. Mijn hart bonkt verraderlijk.

'Geloof me: ik ken jou.' Hij gaat zo zachtjes met zijn hand over mijn wang dat het bijna geen aanraking is en toch voelt het alsof ik in vuur en vlam sta. Dan legt hij zijn handen in mijn nek en laat zijn voorhoofd tegen het mijne rusten. 'Eén blik, één aanraking en ik voel wat jij voelt, Kinsey. Je bent tien jaar van mij geweest. Ik ken je al sinds je twaalf bent en ik ken je zoals niemand je kent. Je hebt mijn hart gebroken, hebt me vijf jaar genegeerd en nu kom je zomaar mijn leven weer binnenwandelen.'

'Ik denk dat we elkaars hart gebroken hebben,' zeg ik. 'En je kent me niet meer.'

Hij heeft onze breuk in gang gezet en ik maakte het erger omdat ik het opgaf. Dat is waar ik het meest spijt van heb.

We kijken elkaar aan. Het lijkt wel een wedstrijd. Maar het isonmogelijk om me te focussen als hij allemaal herinneringen naar de oppervlakte brengt.

Mi prenderò cura di te adesso. Nu zal ik voor je zorgen.

'Zeg me niet dat ik je niet meer ken. Ik ben bij je naar binnen gegaan en ik ben nooit weggegaan. Als ik je nu zou zoenen, zou je me niet afwijzen.'

Zijn arrogantie is verbijsterend, dus ik duw hem weg. 'Wie *ben* jij? Hou op met deze spelletjes. Ik wil hier gewoon weg!'

'Ik ben Cesare, de onderbaas van het syndicaat van New York, en jij gaat helemaal nergens heen,' zegt hij met zijn rug naar me toegedraaid, en zegt dan dat ik de gang op moet lopen.

Als we eenmaal weer in de woonkamer zijn, ben ik stomverbaasd hoe goed de plek van de schietpartij al is schoongemaakt. De hele kamer is brandschoon. Ik sta weer op een rijtje, samen met de andere mannen en vrouwen die blijkbaar aan elkaar vastgeketend hebben moeten slapen, terwijl ik in de slaapkamer was.

Mijn blik gaat naar Cesare, maar hij staat een verhit gesprek te voeren met Michael, die zich daarna tot ons richt.

Met zijn pistool in zijn handen loopt Michael heen en weer. 'Mijn verloofde is vermoord. In mijn eigen huis. Ik wil weten wie van jullie het heeft toegelaten dat een vijand hier is binnengekomen. In mijn huis! We zijn nu bezig jullie allemaal te onderzoeken, maar als iemand nu naar voren komt ben ik misschien nog coulant.' Hij kijkt ons strak aan.

Cesare kijkt me aan met een mix van boosheid en medelijden. Alsof hij me vast wil houden maar me ook wil wurgen. Dan breekt hij ons oogcontact.

Een man komt aanlopen en fluistert iets in Michaels oor. Michael kijkt gelijk naar de man die naast me staat en richt dan zijn wapen op hem.

Niemand zegt iets.

Het duizelt me, maar ik blijf staan. Ik krijg zweethanden en mijn huid jeukt.

'Kom hier. Ik ben niet in de stemming voor spelletjes. Je hebt me niet verteld dat je laatste cocaïne drop off niet goed is gegaan. Waarom?' zegt Michael.

'We hadden het probleem onder controle,' zegt de man zwakjes.

'Dus je hebt tegen me gelogen?'

'Nee, ik heb gewoon niet alles –'

Michael richt zijn pistool tussen de ogen van de man en haalt de trekker over. Zijn lichaam zakt op de vloer. 'Iedereen die nog tegen me liegt, overkomt hetzelfde.'

De vrouwen schreeuwen en de andere mannen kijken verbijsterd.

Cesare heeft een ondoorgrondelijke blik op zijn gezicht, maar hij zegt iets tegen Michael en ze lopen samen weg.

Joey komt direct naar me toe. 'Wat heb je tegen Cesare gezegd? Ik wist verdomme niet dat je Cesare Amallo kent. Als hij erachter komt, ben ik dood.'

'Dan moet je zorgen dat ik hier weg kom, of je moet me heel snel wat spul geven, want ik word gek van de ontwenningsverschijnselen.'

Ik voel me vreselijk. Ik heb de hele nacht gezweet en ik ben mijn grip op de realiteit helemaal kwijt vanwege Cesare. Het doet me pijn om hem te zien en die pijn moet ophouden. Ik heb drugs nodig om al die spijt en die pijn van het missen van mijn beste vriend te doen vervagen. Mijn grote liefde, die me niet meer wil.

Nee! Ik heb geen drugs nodig!

Ik probeer al maanden clean te worden maar Joey voedt mijn verslaving. Ik weet dat hij een slechte invloed op me heeft en ik weet dat ik van hem moet wegblijven – zonder hem was ik nooit in deze ellende belandt – maar ik ben een verslaafde zonder geld. Ik heb geen baan, wel studieschulden, en ik blijf maar in zijn macht. Ik ben zijn geheime drugskoerier en hij betaalt me in heroïne.

Soms, in heldere momenten, kan ik gewoon niet geloven dat ik hier ben belandt en probeer ik clean te worden, maar het lukt me niet. Maar nu heb ik pas echt door hoe diep ik gezonken ben. Ik heb een schietpartij meegemaakt en nu word ik hier gevangen gehouden, maar het enige waar ik aan kan denken is dat ik heroïne wil. Dit is vreselijk en ik wil het niet.

Mijn gedachten worden onderbroken als Cesare Joeys hand wegslaat van mijn arm.

'Raak haar *nooit* meer aan,' sist hij en Joey houdt zijn handen omhoog, terwijl Cesare me meetrekt naar de slaapkamer.

'Ik weet niet waar je mee bezig bent of hoe je Joey in hemelsnaam hebt leren kennen, maar je wil niet dat ik dat van iemand anders hoor. Ik kom vanavond terug en dan verwacht ik antwoorden.'

Dan doet hij de deur weer op slot, terwijl ik al overweeg om alles op te biechten. Ook al is Cesare veranderd, er is nog steeds zoveel tussen ons. Waarom zou hij me anders in deze mooie kamer opsluiten in plaats van me gewoon achter te laten bij de rest? Hij is net zo geraakt door onze reünie als ik. Misschien zou ik hem in vertrouwen moeten nemen? Hij is nog steeds mijn vriend. Mijn eerste en enige liefde. Een liefde die zo sterk is als de onze, verdwijnt nooit.

HOOFDSTUK 7

Kinsey – 11 jaar geleden – 16 jaar

D ie eerste zoen veranderde alles. Cesare en ik worden alleen maar closer in de maanden die volgen en het verandert van kalverliefde in mijn eerste echte liefde. Als ik niet bij hem ben, mis ik hem vreselijk.

Helaas heeft hij een probleem met mijn vader en het slechte gedeelte van de stad waar ik woon, dus Cesare haalt me midden in de nacht op, zodat ik bij hem kan slapen.

Vanavond spring ik uit mijn slaapkamerraam en loop ik naar Cesares auto.

'Wow! Je ziet er prachtig uit, Kins!'

'Dank je.'

Hij pakt mijn hand en trekt op, op weg naar zijn huis, wat een prachtig herenhuis is in het centrum van de stad.

TWINTIG MINUTEN LATER liggen we op zijn bed te zoenen. Ik heb alleen mijn ondergoed nog aan en Cesare ligt bijna naakt bovenop me. Ons gehijg en gekreun vult de kamer als hij zijn erectie tussen mijn benen duwt, met nog maar een klein laagje stof ertussen.

'Kins, ik wil in je,' gromt hij, terwijl hij met zijn vingers over mijn wang gaat en ik knik.

Hij glimlacht en laat zijn handen over mijn lichaam aan.

'Je bent zo mooi, *piccolina*,' fluister hij, terwijl hij mijn beha uitdoet en op mijn tepels zuigt.

Ik voel de tinteling in mijn onderbuik groeien als Cesare zich een weg naar beneden kust, mijn slipje uittrekt en mijn benen spreidt.

Hij ligt tussen mijn benen en houdt zijn mond vlakbij mijn clit. 'Ik ga je nu proeven.'

Als hij me daar kust, grijp ik van verbazing zijn haar. Het voelt geweldig als hij me likt en zuigt.

'Cesare...' kreun ik.

Hij kijkt op. 'Voelt het goed, Kins?'

Ik glimlach en hij gaat enthousiast door. Ik voel dingen die ik nog nooit gevoeld heb terwijl hij steeds harder en ruwer zijn mond gebruikt. Ik kom steeds dichterbij mijn hoogtepunt en als ik naar beneden kijk en hem tussen mijn benen zie, kom ik klaar. Het lijkt zo stout en ik hijg terwijl ik mijn heupen van het bed duw.

Terwijl ik nog steeds naschokjes voel, kruipt Cesare omhoog en doet zijn boxershort uit.

'Dat was zo geil,' fluistert Cesare en drukt zijn mond op de mijne terwijl hij met zijn erectie tegen mijn kut wrijft.

Hij steunt met zijn armen naast mijn hoofd en gaat met zijn vingers door mijn haar. We kijken elkaar aan als hij bij me naar binnen gaat.

Ik verstar een beetje door de pijn en hij blijft mijn haar strelen.

Hij drukt langzaam door en het doet pijn, maar hij zoent me en gaat voorzichtig naar binnen en naar buiten. Langzaam wen ik aan hoe vol het voelt.

En dan zie ik Cesare trillen. 'Cesare...'

We kijken elkaar aan.

'Je voelt zo warm, Kins. Het is zo nat.'

Ik ga met mijn handen over zijn rug en spoor hem aan om door te gaan.

Hij pompt in me terwijl hij me indringend aankijkt. 'Gaat het goed?'

'Ja. Alsjeblieft, stop niet.'

En hij gaat sneller. Ik laat hem volledig toe en de pijn wordt alleen maar minder. Ik raak zijn lippen aan blijf hem aankijken terwijl hij met zijn borst over mijn tepels heen gaat. Ik heb me nog nooit zo verbonden gevoeld met iemand.

'Fuck! Kins, ik ga klaarkomen,' kreunt hij en hij laat zijn hoofd in mijn nek vallen als hij nog één keer diep naar binnen stoot.

Dan ontspant hij bovenop me terwijl ik met mijn handen over zijn rug ga. Zijn ademhaling wordt rustiger en hij rolt van me af. We gaan op onze zij naar elkaar toegedraaid liggen. Ik hou mijn hand op zijn borst en hij streelt mijn heup.

'Ik kan niet geloven dat we het gedaan hebben,' stamel ik glimlachend.

Hij lacht, een echt oprechte glimlach. 'Dat is het eerste wat je zegt na onze eerste keer?' Hij rolt me weer op mijn rug. 'Je weet me altijd te verrassen.'

Tevreden liggen we in stilte naast elkaar van het moment te genieten. '*Piccolina...*'

Ik weet wat hij gaat zeggen, want ik voel het ook.

'*Ti amo*. Ik hou van je.'

'Ik hou ook van jou.'

Iets aan mij is anders, veranderd. Misschien ben ik nu voor altijd van Cesare. De jongen waar ik zo lang van heb gehouden, die de jaren erna in alle opzichten mijn eerste zou worden.

HOOFDSTUK 8

Cesare – 9 jaar geleden – 18 jaar

In de twee jaar die volgen, zijn Kinsey en ik onafscheidelijk. Ze is mijn geliefde, mijn vertrouwelinge, mijn thuis.

Maar alles gaat veranderen. We zijn in mijn slaapkamer als ze iets zegt wat ik helemaal niet had verwacht.

'Cesare, ik ben geaccepteerd door de universiteit van Chicago, om geschiedenis te studeren,' zegt ze, terwijl ze in kleermakerszit op mijn bed zit.

'Waarom? Waarom kan je niet hier in New York geschiedenis studeren?'

Ze kijkt me ernstig aan. 'Dat kan ik niet betalen.'

'Dan betaal ik er wel voor.' Ik ga naar Princeton en dat is drie uur vliegen van Chicago. Zo ver wil ik niet bij haar vandaan zijn.

'Hoe?'

'Dat weet ik niet. Ik vraag het aan mijn ouders. Ik heb wel een fonds wat ik kan gebruiken.'

'Dat is heel lief, maar dat kan niet. En ik zou dat niet kunnen accepteren. Het is veel te veel. Ik zou ook veel liever hier bij jou blijven, maar we hebben geen keus.'

Ik sta op van mijn stoel en loop naar het bed. 'Ik vind dit niks, *piccolina*. We zien elkaar elke dag.'

Ze neemt mijn hand in de hare. 'Ik ga je zo missen. We gaan bellen en smsen . En je kan bij me op bezoek komen?'

'Kom je niet bij mij op bezoek?'

Ze zucht en kijkt weg.

'Ik bedoel: als ik een ticket voor je koop, kom je dan? Ik weet dat je het geld niet hebt, maar dat zou je toch wel accepteren?'

'Natuurlijk. Ik hou van je en ik wil dit helemaal niet.'

'Ik ook niet.' Ik omhels haar.

Ineens krijg ik een voorgevoel en ben ik bang voor de toekomst.

GESPANNEN ZIT IK IN mijn auto voor het huis van Kins, om haar in de gaten te houden.

Haar vader komt om drie uur 's nachts thuis en ik kan zien dat Kinsey op hem heeft gewacht. Ze doet het licht aan, dus stap ik de auto uit om te checken of ze veilig is.

Als ik dichterbij kom, hoor ik dat ze ruzie hebben.

'Waar ben je geweest? Je komt helemaal high thuis nadat je een paar dagen weg bent geweest. Ik heb me zoveel zorgen gemaakt!' roept ze tegen haar vader.

'Kinsey, doe eens rustig en ga naar bed,' zegt hij met dubbele tong, terwijl hij op de bank gaat zitten.

'Nee! Deze keer niet. Je komt altijd overal mee weg, maar nu ben je te ver gegaan. Je hebt mijn geld gestolen!'

Klootzak! Hij heeft haar zuurverdiende geld – wat ze heeft gespaard voor Chicago – gebruikt om drugs te kopen?

'Ik zei *ga naar bed*!' schreeuwt haar vader. 'Ik ben je schijnheilige gezeik helemaal zat, meisje!'

Mijn bloed kookt als ik haar vader zo hoor.

Voor Kinsey gaat dit duidelijk ook te ver. 'Ik wil mijn geld terug!'

'Schreeuw niet tegen me! Dit is mijn huis!'

Ik zie hoe haar vader naar haar toe loopt, klaar om haar te slaan, en ik ren naar de voordeur, maar hij is op slot.

'Kinsey!' schreeuw ik en blijf mijn lichaam tegen de deur aan gooien om binnen te kunnen komen.

Ineens hoor ik allemaal lawaai en dan gilt Kinsey.

'Kins!' De paniek giert door mijn lichaam omdat ik haar moet beschermen. Ik gooi mezelf nog een keer tegen de deur en deze keer breekt hij.

Ik ren naar binnen om haar vader te grijpen, die op de wangen van Kinsey slaat terwijl ze op haar rug op de vloer ligt. Ik word witheet.

Ze is gewond. Een dierlijke woede gaat door me heen: niemand doet wat van mij is pijn.

Kinsey houdt haar handen voor haar gezicht en worstelt met hem. En dan gooi ik hem van haar af.

Hij gromt van pijn als zijn lichaam de muur raakt. Dan springt hij op en komt op me af. Zijn gewicht dwingt alle lucht uit mijn longen en hij slaat me. Ik sla hem in zijn gezicht met mijn vuist.

'Cesare!' schreeuwt ze.

'Kins, ren! Ga!' schreeuw ik haar toe.

In plaats daarvan springt ze op haar vader af, die haar van zich af weet te schudden. Kins stoot haar hoofd op de vloer en schreeuwt het uit.

'Kinsey! Nee!'

Ze ligt helemaal stil als haar vader zich over haar heen buigt en gemeen lacht. Hij heeft nu een mes in zijn hand. Dan stort hij zich weer op mij en we worstelen op de grond. Alles gebeurt razendsnel. Ik probeer het wapen van hem te ontfutselen en hij geeft me een knietje in mijn buik. Dan houdt hij het mes omhoog en hij staat op het punt om me neer te steken als ik hem van me af gooi en met alle kracht die ik bezit het mes in zijn hart steek.

'Klootzak!' roep ik.

Ik haast me naar Kins.

'Kinsey!' Ik til haar hoofd in mijn schoot.

Langzaam opent ze haar ogen, terwijl er druppels bloed langs haar oor druipen.

Bezorgd vraag ik hoe ze zich voelt.

'Mijn hoofd doet pijn...dat is alles.' Ze legt haar hand op mijn wang. 'En jij?'

'Met mij is het goed. Maar we hebben hulp nodig, *piccolina.*'

'O, mijn God! Is hij...?'

'Ik denk het.' Ik sta op en ga met mijn hand door mijn haar.

Ik word weer rustiger nu ik weet dat ze oké is, maar we hebben een enorm probleem, nu. En er is maar één persoon die me kan helpen.

Ik trek mijn telefoon uit mijn zak en bel het nummer. 'Ik heb een opruimploeg nodig.'

Helaas zorgt de dood van Kinseys vader ervoor dat ik voor altijd verbonden raak met het syndicaat van New York – veel eerder dan ik had gepland.

EEN HALF UUR LATER zit ik op de veranda met een aangeslagen Kinsey, die in shock is, terwijl leden van het syndicaat het huis opruimen en het lijk dumpen.

Luciano arriveert: mijn vader en de adviseur en advocaat van het syndicaat. Hij kijkt eerst boos, maar zijn blik wordt zachter als hij ziet hoe Kinsey eraan toe is.

'Je hebt het syndicaat betrokken bij jouw zaken, zoon. Je gaat morgen met me mee om dit aan de baas uit te leggen. Ik wilde niet dat je hier zo snel bij betrokken zou raken, maar het is niet anders, nu. Kom op, we gaan. Je moeder is bezorgd.'

Ik neem Kinsey in mijn armen en we lopen naar mijn auto.

Als we alleen in de auto zitten, kalmeert Kinsey me. 'Ik hou van je, Cesare.'

Ze houdt van een moordenaar? Ik ben een moordenaar en binnenkort ben ik een soldaat van het syndicaat. Over een paar jaar zal ik zelfs nog meer zijn dan dat. Ze heeft niet door hoe dramatisch ons leven zal veranderen.

Maar ik probeer haar ook te kalmeren, dus kus ik haar hand. 'Ik hou ook van jou, *piccolina.* Alles komt goed. *Mi prenderò cura di te adesso.* Nu zal ik voor je zorgen.'

Ik weet dan nog niet dat het onmogelijk zal zijn om me aan mijn belofte te houden.

VLAK VOORDAT IK NAAR de universiteit ga, benoemen mijn ouders voor het eerst hun bezwaren tegen onze relatie. Mijn vader vindt het niks omdat het me weghoudt van het maffialeven dat ik zou moeten leiden na Princeton. Maar daar denk ik nu niet aan. Ik ben gelukkig met Kins en we gaan dit redden.

Vanavond zit mijn vader in mijn slaapkamer als ik binnenkom. 'Cesare, we moeten praten.'

O jee. Dat is nooit goed. Ik gooi mijn sleutels op mijn bureau. 'Waarover?'

'Kinsey en jij.'

'Waarom?'

'Ik vind jullie veel te close en veel te jong om praktisch samen te wonen op jouw slaapkamer.'

'Ze is mijn vriendin en ze heeft niemand anders. Dat weet je.'

'Dat weet ik. En het is knap dat je voor haar zorgt, maar het is niet jouw verantwoordelijkheid. Vergeet niet dat jullie uit andere werelden komen. Je moet genieten van je tienerjaren. En na je studie zal je bij het syndicaat komen. Weet ze dat wel?'

'Nee, maar ze zou overal met me naartoe gaan. Maak je maar geen zorgen.'

'Ik maar me geen zorgen over haar. Ik maak me zorgen over jullie samen. Cesare, als ze hier is, negeer je je vrienden en wil je alleen maar bij haar zijn. Ik waarschuw je, laat haar niet je zwakte worden.'

Ik raak overstuur van mijn vaders bezorgde toon. Ik weet dat hij het goed bedoelt en we hebben nooit ruzie gehad, maar Kinsey is een onderwerp wat niet bespreekbaar is.

'Dat zal niet gebeuren,' kan ik maar net uitbrengen. Het klinkt niet overtuigend.

Mijn vader kijkt me aan, maar zegt niks meer en loopt mijn kamer uit.

HOOFDSTUK 9

Kinsey – 9 jaar geleden – 18 jaar

De tijd vliegt voorbij. Na mijn vaders dood voel ik me bevrijd en Cesare en ik zijn intens verliefd tijdens de maanden voor mijn vertrek. Toch is er altijd een gevoel van wanhoop, omdat we weten dat we gescheiden zullen worden.

Het afscheid is verdrietig. We hebben goede hoop dat we een langeafstandsrelatie kunnen laten slagen, maar soms zijn goede voornemens niet genoeg.

Ik mis hem vreselijk, maar met de tijd wordt hij steeds minder aanspreekbaar. Zijn tijd wordt opgeslokt door zijn studie en het syndicaat. We zijn fysiek, maar ook emotioneel, uit elkaar gegroeid. Pas na vijf maanden komt hij me überhaupt opzoeken.

In mijn kleine kamer op de campus zijn we niet in staat het rustig aan te doen.

'Kins, ik heb je gemist. Ik wil in je zijn.' Cesare zoent me ruw en duwt me tegen de muur.

Mijn rokje is omhooggeschoven terwijl ik zijn broek losmaak en met mijn handen over zijn erectie ga. Hij wordt direct harder. Er is geen tijd om alles uit te trekken. Ik wil hem in me voelen.

Hij draait me om, drukt zijn borst tegen mijn rug, trek mijn slipje opzij en stoot in me. Ik adem diep in en Cesare grijpt me bij mijn heupen terwijl hij me van achter neemt. Ik krom mijn rug zodat hij diep in me kan stoten en ik druk me tegen hem aan. Hij kreunt in mijn oor en wrijft over mijn clit. Ik kom keihard klaar en voel golven van genot door me heen gaan. Cesare vertraagt en hij laat zijn voorhoofd op mijn schouder vallen.

Nadat onze ademhaling rustiger is geworden, gaan we op bed liggen en ik zie hoe hij eruit zie. Hij heeft donkere kringen onder zijn ogen en ziet eruit alsof hij zich al weken niet geschoren heeft.

'Cesare, je ziet er...'

'Moe uit? Ik ben moe.' Hij omhelst me en drukt een kus op mijn hoofd. 'Maar het gaat beter nu we samen zijn.'

Ik wilde niet *moe* zeggen. Nee, hij ziet er anders uit. Verhard, misschien?

Maar we zullen een paar dagen bij elkaar zijn, en als we samen zijn, is alles perfect.

Daarna zien we elkaar elke paar maanden. Maar als de jaren voorbij gaan, verandert Cesare steeds meer en ik ook. En als we niet samen zijn, is alles een puinhoop.

HOOFDSTUK 10

Cesare – 6 jaar geleden – 21 jaar

IN MIJN DERDE JAAR op de universiteit, als Kinsey en ik vijf jaar samen zijn, realiseer ik me dat onze band veranderd is door de afstand.

Drugs en moord zijn onderdeel geworden van mijn leven. Ik raak steeds meer betrokken bij de gekte van de onderwereld. En mijn kalmte, mijn thuis, is al jarenlang van me verwijderd. Ik begin een hekel te krijgen aan Kinsey en mijn liefde voor haar. Ik mis haar zo, dat ik de pijn probeer te vergeten met cocaïne. We hebben ruzie als we niet samen zijn en tijdens de paar dagen die we elke paar maanden bij elkaar zijn, is onze liefde intens.

We bedrijven bijna nooit de liefde meer. Nee, we neuken. We hebben ruige, harde seks als we elkaar zien. Misschien komt het door de frustratie die we voelen omdat we zo ver bij elkaar vandaan zijn. Vooral omdat we weten dat we gelukkig zouden zijn als we wel bij elkaar waren. De afstand maakt ons kapot en diezelfde afstand, gecombineerd met mijn rol in het syndicaat, maakt me eenzaam. En keuzes die je maakt als je eenzaam bent, leiden tot de grootste fouten. Eenzaamheid gecombineerd met drugs kan fataal zijn. En die eenzaamheid, en alle dingen die er bij kwamen kijken, waren de katalysator voor de eerste scheurtjes in onze liefde.

HOOFDSTUK 11

Kinsey - 5 jaar geleden – 22 jaar

Tijdens onze studiejaren breekt Cesare twee keer mijn hart. De eerste keer vergeef ik hem, maar de tweede keer heb ik genoeg gehad van zijn slippertjes.

Ik ben op zijn studentenkamer tijdens de eerste dag van mijn bezoekje. We hebben ruzie gehad, omdat ik denk dat hij drugs gebruikt. Hij ziet er vreselijk uit. Toen is hij weggegaan en een paar uur weggebleven.

Als hij terugkomt, weet ik dat er iets ergs is gebeurd: hij is al jaren steeds verder van mij verwijderd aan het raken.

Zijn rood omlijnde ogen kijken me al smekend aan voordat hij iets gezegd heeft.

'Wat is er mis met jou? Je gaat gewoon weg nadat ik drie uur heb gevlogen om eindelijk weer bij je te zijn?'

'Kins, ik...ik moet ergens met je over praten.' Hij komt langzaam dichterbij en ik doe een stap naar achter.

'Zeg het maar gewoon.'

'Ik heb een enorme fout gemaakt.' Hij kijkt me intens aan en ik zie tranen in zijn ogen.

De tijd lijkt stil te staan en mijn hart bonkt in mijn keel. 'Zeg het nou gewoon. Wat heb je gedaan?!'

'Ik was dronken en high. Ik...' Hij kijkt weg.

'Vertel het me!'

'Ik ben met iemand naar bed geweest. Het spijt me zo! Het betekende niks!' Hij loopt naar me toe en legt zijn handen op mijn wangen. 'Het was een vergissing.'

Mijn hart breekt in duizend stukjes – alweer. Vorig jaar heeft hij een ander meisje gezoend toen hij dronken was, maar dit is zoveel erger.

Ik schud mijn hoofd en duw hem weg. 'Raak me verdomme niet aan. Wanneer is het gebeurd?!'

'Een paar weken geleden. Ik voelde me zo slecht en ik miste je zo erg. Ik...ik was zwak.'

Het vertrouwen dat we de afgelopen zes jaar hebben opgebouwd, is in één klap weg. Ik voel me leeg van binnen.

'Kins, zeg alsjeblieft iets,' smeekt hij en kijkt naar me.

Ik staar naar de grond. 'Wie is ze?'

'Niemand. Ze betekent niets.'

'Dat geeft me nu geen beter gevoel,' zeg ik verdrietig en kijk hem aan. 'Ik ga naar huis.'

'Nee!' Hij gaat voor de deur staan als ik mijn tas over mijn schouder zwaai. 'Ik wil praten.' Hij houdt zijn handen omhoog. 'Kinsey, blijf alsjeblieft. We moeten praten!'

'Ga aan de kant.'

'Prima. Ik ga wel weg en dan kan je me bellen als ik terug kan komen en je er klaar voor bent om te praten.'

Ik bijt op mijn tong maar ik weet dat hij niet zal toegeven, dus ik knik.

Met tegenzin gaat hij weg.

Na vijf minuten check ik de gang en ga weg.

Cesare komt de hoek om. Natuurlijk hield hij me in de gaten.

Ik ren naar de voordeur van het studentenhuis terwijl hij mijn naam schreeuwt. Een jongen verspert hem de weg, dus ik kan naar buiten rennen en hou de eerste de beste taxi aan.

'Naar het vliegveld,' zeg ik en ga naar huis. Ik kruip mijn bed in en zit mijn knieën opgetrokken en mijn gezicht in mijn handen begraven. Het doet zoveel pijn dat ik niet eens kan huilen. Ik tril zo hard dat ik moet klappertanden.

DE WEKEN ERNA BEN IK net een robot. Ik ga naar mijn lessen, doe mijn examens en ontwijk Cesares telefoontjes. Ik heb hem gesmst dat ik contact zal opnemen als ik er klaar voor ben, maar ik begin te denken dat dit voor ons het einde is. Ik kan Cesare niet meer vertrouwen en ik kan niet in een relatie met hem zijn als ik er geen vertrouwen in heb dat hij me trouw blijft. De drugs maken hem te zwak. De afstand heeft ons gebroken.

Als ik alleen in mijn kamer ben, klopt er iemand op de deur en spring ik op.

'Kinsey! Doe de deur open. Ik weet dat je thuis bent!'

Shit! Ik ben er nog niet klaar voor om hem te zien.

'Kinsey!' Hij bonst harder op de deur. 'Ik ga niet weg voordat ik je gesproken heb!'

Nerveus ga ik op bed zitten.

Hij slaat nog een keer op de deur. 'Ik ga kapot zonder jou! Ik blijf hier de hele nacht wachten als het nodig is.' Nog een klap en dan fluistert hij, 'Alsjeblieft, stuur me niet weg.'

Zijn gebroken stem doet me pijn en ik voel me toch gedwongen om hem afsluiting te geven.

Maar Cesares instabiele stemming maakt me bang, dus ik zeg 'ik ben over tien minuten in het café aan de overkant van de straat.'

'Oké.'

TIEN MINUTEN LATER zit ik tegenover Cesare aan een tafel en hoor ik hem voor de zoveelste keer zijn excuses aanbieden. Ik herken hem niet eens meer met die wilde baard die hij heeft en ik kan zien dat hij high is. Ik voel me nog meer vastbesloten om onze relatie te beëindigen.

'Het spijt me zo erg, Kins. Ik mis je. Ik ben mijn thuis kwijt, mijn geliefde, mijn beste vriendin, allemaal op dezelfde dag! Geef me alsjeblieft nog een kans.'

'Ik heb je al een tweede kans gegeven. Ik ga het niet nog een derde keer doen. Jou vertrouwen, terwijl je verslaafd bent aan drugs, breekt mijn hart.'

'Ik ben niet verslaafd. Ik gebruik het gewoon soms,' verdedigt hij zich.

'Je bent nog steeds in de ontkenning en ik ben er klaar mee. Het spijt me. Je had beter moeten weten.'

Eerst zie ik verdriet op zijn gezicht, maar dan verschijnt er woede. Het gebrek aan controle maakt hem boos: dit is zijn harde kant. Hij is het niet gewend om niet te krijgen wat hij wil.

'Ik heb alles voor je gedaan. Alles! Dit hele maffialeven is alleen voor jou! Je loopt niet van me weg!'

'Maak het nou niet erger dan het is, Cesare. Daar ga je spijt van krijgen. Het spijt me, maar het is voorbij. Onze basis van vertrouwen is verdwenen, hij is gebroken. *Jij* hebt hem gebroken. Ik heb ruimte nodig. Misschien kunnen we over een paar maanden weer vrienden zijn, maar nu wil ik je niet zien.'

Hij drukt zijn kaken op elkaar en zijn ogen beginnen te tranen. 'Als je nu van me wegloopt is het voor altijd klaar!'

'Doe dit niet, Cesare.' Ik sta op van mijn stoel en hij kijkt naar me maar blijft zitten, alsof hij me uitdaagt.

'Kinsey, ik meen het! Ga niet weg!' Hij grijpt mijn pols.

'Geef me geen ultimatum! *Jij* hebt ons gebroken, niet ik. Laat me nu met rust zodat ik mijn leven weer op kan pakken.' Ik trek mijn arm los, terwijl ik zie hoe er een traan over zijn wang loopt.

Dat was de laatste keer dat ik Cesare zag. Maar ik bleef altijd met hem verbonden.

Tijdens onze tijd samen leerde ik de liefde kennen. Liefde is geweldig als alles goed gaat. Maar als dat niet zo is, kan het eindigen in ellende.

En toen we uit elkaar waren, ging het helemaal fout omdat mijn hart gebroken was.

Ik smste hem een paar keer na die dag in het café, maar hij reageerde nooit. Ik was meer gebroken dan ik ooit dacht te kunnen zijn.

Ik kon geen vaste baan vinden nadat ik was afgestudeerd en ik leefde van minimum loon naar minimum loon. Ik dronk, gebruikte drugs en had betekenisloze seks om over Cesare heen te komen. Maar niets hielp.

HOOFDSTUK 12

Cesare – 5 jaar geleden – 22 jaar

ALS KINSEY WEGLOOPT weet ik dat ik nooit meer voor een meisje zal voelen wat ik voor haar voelde. Ze zal voor altijd *the one that got away* zijn.

Verslagen en razend ga ik terug naar New York, naar een woedende vader die me hard aanpakt. Hij heeft ontdekt dat ik cocaïne gebruik en als ik lid wil zijn van het syndicaat moet ik clean worden.

'Dit is waar ik je vier jaar geleden voor heb gewaarschuwd. Je wordt clean, gaat officieel bij het syndicaat en je vergeet dat meisje. Ze is slecht voor je. Maar genoeg over haar: laten we het over zaken hebben. Hier is je nieuwe telefoon van het syndicaat.' Mijn vader pakt mijn oude telefoon terwijl verbittering me verteert.

Kinsey heeft mijn hart gebroken en woede vult het gat wat ze heeft achtergelaten.

'Cesare, je liefde is destructief,' voegt mijn moeder toe. 'Ze is niet het meisje voor jou. Vergeet haar en ga verder met je leven. Je gaat een man worden. Gedraag je dan ook zo.'

'Ik heb mijn halve leven van haar gehouden. Hoe kan ik haar laten gaan?'

'Eén dag tegelijk, zoon. De tijd zal alle wonden helen.'

Ik werd clean en direct na mijn afstuderen werd ik gelijk één van de hoofdmannen. Zonder Kinsey richtte ik me alleen op het syndicaat. En toen Michael de baas werd, maakte hij mij de onderbaas.

Tijd heelt misschien alle wonden, maar de tijd laat je geen dingen vergeten. Door de jaren heen zijn er vrouwen gekomen en gegaan, maar er is er maar eentje die een plek heeft in mijn hart. En dat zal nooit veranderen.

HOOFDSTUK 13

Cesare - heden

'MICHAEL, WAAR GING dat allemaal over?' vraag ik in Michaels kantoor, nadat hij de soldaat recht voor de ogen van alle vrouwen heeft doodgeschoten.

Michael is op oorlogspad. 'Die soldaat had eerlijk moet zijn. Dat weet je.'

'Ja, maar waarom die hele vertoning? Gisteravond wilde je hem bang maken en vandaag schiet je hem ineens neer. Laat de rest gaan. Hou alleen de date van die soldaat die je net hebt neergeschoten nog hier, zijn vertrouwelinge. We hebben alle invallers gisteravond gedood en ook de leider van de inval. Nu moet je rustig worden en je richten op afscheid nemen van Rachel. Verspil geen energie aan wraak nemen. We hebben degenen gedood die haar hebben gedood. Rouw nu.'

Michael spant zijn spieren samen voordat hij weer ontspant. 'Oké. Laat ze maar gaan. Ik snap toch niet waarom je hen en Kinsey hier vasthield. Haat je haar zo erg?'

'Nee, ik hou van haar. Er is iets tussen Kinsey en Joey en ik laat hem mijn derde kans met Kins niet verpesten. Als ze gisteravond was weggegaan, dan was ze verdwenen. Het was nodig dat ze vannacht aan ons verleden samen dacht. Een klein beetje manipulatie kan erg overtuigend zijn. Ik doe het om haar te beschermen,' geef ik toe. 'Ik wil haar terug.'

Vol verbazing kijkt hij me aan. 'Ik wist altijd al dat je op haar wachtte. Ieder meisje met wie je ooit hebt gedatet, had bepaalde...eigenschappen.' Michael zucht. 'Ga. Neem haar terug. Maar Cesare, wees bereid om haar altijd te beschermen als ze deel uitmaakt van je leven.'

'Ik ben er klaar voor,' zeg ik overtuigend.

De afgelopen vijf jaar kabbelde mijn leven voort, maar Kinsey hoort bij mij. Ze is een deel van me dat ik al te lang heb moeten missen.

'Mij is het niet gelukt. Ik wil niet dat jij hetzelfde moet meemaken.'

'Het gaat ons samen lukken. Ga naar Rachel, Michael.'

Mijn vermoedens worden bevestigt als ik binnenkom en zie dat Joey haar heeft vastgegrepen.

Ik haast me er naar toe en trek hem van haar af.

'Raak haar *nooit* meer aan!' grom ik.

Ik kan er niet mee omgaan dat ik niet precies weet wat hun connectie is en ik ben gespannen, dus ik sluit Kins weer op in de slaapkamer en geef het bevel om de anderen te laten gaan – als ze hun mond houden over wat hier is gebeurd. De rest zal worden neergeschoten.

NADAT IK KLAAR BEN met het afhandelen van de zaken, ga ik snel terug naar het landgoed om Kinsey te zien. Ik word geconfronteerd met het feit dat ze me nog meer nodig heeft dan ik al dacht.

Ik doe de deur open en frons als ik haar niet zie. Dan valt mijn oog op de gebroken lamp op het nachtkastje en ik ren naar het bed.

'Nee!'

Kinsey ligt bewusteloos op de grond naast het bed.

Ik controleer haar hartslag maar hij is zwak.

'Kins! Kins!'

Ik voel paniek die ik al jaren niet meer gevoeld heb en bijna weet ik niet wat ik moet doen. Maar dan overvalt me een enorme woede als ik verse naaldsporen zie aan de binnenkant van haar ellenboog. Ik check haar andere arm en zie dezelfde sporen.

Ineens begint ze te stuiptrekken en te hoesten. Ik rol haar op haar zij en ze geeft over. Ik hou haar in die positie tot alles eruit is. Maar nog steeds is ze niet echt bij kennis.

'Nee! Je bent stoned!' Ik ga op de grond zitten en neem haar zwakke lichaam in mijn armen, terwijl ik de dokter van het syndicaat bel.

'Ik heb je nodig in Michaels huis! Nu meteen! Het is een overdosis!' De telefoon glipt uit mijn handen en belandt op de vloer.

Terwijl ik in complete stilte wacht, met haar lichaam in mijn armen, voel ik tranen opwellen in mijn ogen. Ik kan haar niet verliezen nu ik haar eindelijk weer terug heb.

De dokter rent naar binnen. Ik weet niet eens hoelang het geduurd heeft. Ik heb haar op bed gelegd en haar hartslag in de gaten gehouden. Hij onderzoekt haar terwijl ik naar de liefde van mijn leven staar.

'Cesare, ze zal snel wakker worden. Het is goed dat je haar hebt laten overgeven, anders was ze gestikt. Laat haar gewoon op haar zij liggen totdat ze wakker is. En Cesare, op basis van het aantal naaldsporen is me duidelijk dat ze verslaafd is,' zegt hij. 'Wie is het?'

'Mijn beste vriendin. Je kan gaan. Ik hou haar in de gaten.' Ik pak een stoel en ga zitten.

Mijn beste vriendin is verslaafd.

Wat is er met je gebeurd, piccolina?

Ik voel intens verdriet en het besef van lang we elkaar niet gezien hebben, overvalt me. Het leven is soms raar. Ze is bij me weggegaan omdat ik verslaafd was en nu ben ik clean en is zij degene die aan de drugs is.

Ik heb dit nooit gewild.

Een traan rolt over mijn wang en ik pak haar hand beet. Ik zou willen dat ze nooit bij me weg was gegaan. Ik laat deze derde kans niet schieten. Zodra ze wakker wordt moet ze me alles vertellen.

HOOFDSTUK 14

Kinsey - heden

INEENS WORD IK WAKKER en ik zie ik Cesares bezorgde gezicht. Hij zit in een stoel naast het bed en kijkt me aan, terwijl hij mijn hand vasthoudt. Zijn warme huid verwarmt me, geeft me een beschermd gevoel, zoals alleen hij me dat kan geven.

'Welkom terug.' Zijn stem is diep. 'Hoe voel je je?'

'Beroerd.'

Hij glimlacht flauwtjes. 'Wat is er gebeurd?'

Cesare leunt naar voren en laat mijn hand niet lost. Ik weet dat het tijd is om alles op te biechten.

'Joey. Hij kwam hier naar binnen om me drugs te geven.'

Hij drukt zijn lippen op elkaar. 'Dus Joey is je dealer?'

Ik knik en kijk uit het raam.

Cesare wrijft afwezig met zijn duim over mijn hand. Het is zo'n simpele aanraking, maar het is zo fijn.

Ik heb hem zo gemist.

Onze blikken ontmoeten elkaar weer en hij kijkt me ernstig aan. 'Hoe lang ben je al verslaafd, Kins?'

Eerst weet ik niets uit te brengen, maar ik zet door en biecht voor het eerst ooit de waarheid op: dat ik verslaafd ben. 'Een jaar. Ik heb geprobeerd te stoppen, maar het is zo moeilijk. Ik werk voor Joey als drugskoerier en in ruilt geeft hij me drugs.'

Cesares woede is duidelijk voelbaar.

'Ik had eerder om drugs gevraagd, maar later wilde ik het toch niet. Maar toen heeft hij het zelf ingespoten, omdat hij bang was dat ik je alles zou vertellen als ik te helder was.'

'Je was buiten westen en begon over te geven.' Hij laat mijn hand plotseling los en staat op. 'Is dat voldoende waarschuwing voor je om te stoppen? Betekent je leven niks meer voor je? Je had dood kunnen zijn!'

'Het spijt me. Ik heb...ik heb me nogal verloren gevoeld, Cesare. En ik mis je – heel erg.'

Hij kijkt op me neer dus ga ik rechtop zitten. Alles doet pijn en ik zou de rust willen hebben die de drugs me geeft, maar ik wil hém nog meer. Een enkele traan rolt over mijn wang en hij gaat er met zijn duim overheen om hem weg te vegen. 'Ik mis jou ook. Waarom heb je nooit contact opgenomen?'

'Dat heb ik wel gedaan. Maar na de tientallen berichtjes die ik je gestuurd had, heb ik het opgegeven.'

Hij fronst. 'Ik heb nooit berichtjes van je gehad. Ik heb direct na onze break-up een nieuwe telefoon van mijn vader gekregen. Waarschijnlijk heeft hij of mijn moeder de berichtjes op mijn oude telefoon gewist. Ik heb hem nog wel zes maanden lang bewaard omdat ik hoopte dat je me zou vergeven, Kins. Als ik ze had gezien, had ik geantwoord. Ik...het doet me zoveel pijn om je zo te zien. Je was altijd zo'n vrolijk meisje.'

'Het leven liep anders dan de bedoeling was en ik kon geen baan vinden.' Mijn hoofd begint te bonken en mijn lichaam doet overal pijn.

Cesare komt op het bed zitten en ik begin te huilen.

'Ik was eenzaam, Cesare. Ik ben een drugsverslaafde. Ik heb mijn leven verpest en ik verdien je hulp niet. Ik liet jou achter toen de rollen omgedraaid waren.'

Hij dwingt me naar hem te kijken. 'Je liet me gaan, maar ik liet jou nooit gaan. En ik zal je ook nooit laten gaan.'

'Wat bedoel je?'

'Wil je clean worden?'

'Ja.'

'Dan doen we het samen. Je hebt gewoon hulp nodig, Kins. En ik ben er om je te helpen.' Hij geeft me een kus op mijn voorhoofd. 'De situatie rondom de inval is onder controle. Je gaat met me mee en de dokter en ik zullen je door de ontwenning heen helpen. Maar,' – hij kijkt me aan – 'geen drugs meer. *Nooit* meer.'

Ik knik. 'En wij samen?'

'Het is tijd dat ik de belofte inlos die ik eerder gebroken heb: nu zorg ik voor je.'

'Cesare, dankjewel.'

'We bekijken het stapje voor stapje. Ik neem je mee naar huis.'

Ik glimlach, want eindelijk zie ik licht in de duisternis waar ik al die tijd, sinds mijn verkeerde keuze, in heb geleefd. Sinds die eerste keer met heroïne.

Cesare staat op en zegt dreigend, 'En Kins, Joey zal hier voor betalen.'

HOOFDSTUK 15

Cesare - heden

Hand in hand met Kinsey loop ik de lift uit, mijn penthouse in.

Na ons wekelijke bezoek aan de dokter kunnen we vieren dat ze al vier weken onder behandeling is. De ontwenning is vreselijk voor haar geweest en mijn hart deed pijn toen ik haar vasthield tijdens de nachten dat ze trillend en zwetend verlangde naar de heroïne. Maar langzaamaan is ze helemaal clean aan het worden en ze woont nu al een maand bij me. Ze laat me voor haar zorgen. Het geeft me een rustig gevoel, nadat ik me vijf jaar lang incompleet heb gevoeld.

'Ik ben trots op je,' zeg ik als ik haar hand los laat en mijn sleutels op de koffietafel gooi.

'Dankjewel. Ik had dit zonder jou nooit kunnen doen, Cesare.' Ze komt dichtbij staan en legt haar handen op mijn borst.

Ik ruik haar zo bekende parfum en ik voel mezelf hard worden.

'Heel graag gedaan.' Ik grijns als ze dichterbij komt staan. Ik pak haar bij haar heupen en druk mijn erectie tegen haar buik.

'Ik denk dat je wel kan voelen wat ik wil, *piccolina*.'

Ze kijkt naar me en er verschijnt een plagerig lachje op haar gezicht.

'Dat klopt.' Ze grinnikt en doet een stapje naar achter. 'Je wilt meer horen over Cesare en Lucrezia, want je vindt mijn verhalen fascinerend!' Ze heeft een twinkeling in haar ogen. En dan draait ze zich om en rent naar de slaapkamer. Lachend ren ik achter haar aan.

Aan de voet van het bed pak ik haar bij haar middel en druk haar rug tegen me aan, terwijl ik in haar oor fluister, 'Hoewel ik heel veel van je verhalen hou: dat bedoelde ik niet. Dus ik zal je precies moeten vertellen wat ik *wel* wil. Ik wil...' Ik zoen haar achter haar oor. '...je kutje likken totdat je in mijn mond klaarkomt. En dan wil ik mijn pik in je stoten. Je hard en snel neuken.'

Kinsey kreunt en drukt haar kont tegen mijn kruis aan.

'Ik wil jou ook proeven, Cesare,' zegt ze en draait haar nek zo dat ik haar kan zoenen. Ze draait zich helemaal om en ik zoen haar diep terwijl ze mijn broek losmaakt.

Kinsey knielt voor me en sluit haar mond om mijn pik terwijl ze met haar hand op en neer beweegt. Ik kreun hard en grijp haar bij haar paardenstaart terwijl ik zacht naar binnen stoot. Dan ga ik met mijn lid over haar lippen – zodat ze weet dat ze van mij is.

Snel laat ik haar opstaan en kleed haar helemaal uit. Ik gooi haar op bed en ze slaakt een gilletje.

'Ga zitten, Kins.'

Haar mondhoeken gaan omhoog. Ze weet precies wat ik wil.

Dus ga ik op mijn rug liggen en zij komt bovenop op me zetten, haar knieën aan weerszijden van mijn hoofd, zodat ik haar diep kan likken terwijl zij met haar hand mijn lid blijft pompen.

Ik haak mijn armen om haar heupen heen en verslind haar.

'Ah, Cesare,' kreunt ze, terwijl ik mijn tong over haar clit laat gaan.

Als ze mijn pik in haar mond neemt, kom ik bijna gelijk klaar. Kins drukt haar kutje tegen mijn gezicht en kreunt steeds harder, dus ik glijd met een vinger naar binnen terwijl ik op haar clit zuig.

'Fuck, o, God, je mond...' Ik penetreer haar met mijn tong.

Kinsey gooit haar hoofd naar achter en komt klaar met een harde schreeuw terwijl golven van genot door haar lichaam gaan. Ik moet in haar zijn als ik klaarkom, dus ik draai haar om zodat ze zich op mijn keiharde erectie kan laten zakken.

We zijn gevangen in een wereld die alleen van ons is. De wereld die ik vijf jaar geleden verloren ben maar die ik nu nooit meer zal loslaten. Ik zoen haar terwijl ze met haar kutje heen en weer beweegt en ik stoot in haar. Ik grijp haar bij haar heupen terwijl ze op en neer en heen en weer beweegt met haar handen op mijn borst. Ze kijkt me intens aan en ik word alleen nog maar harder, omdat ik in de vrouw ben die voor mij bestemd is.

Voordat ik het kan zeggen, zegt zij in stem vol lust, 'Ik hou van je.'

Ik ga zitten en hou één hand op haar kont terwijl ik de ander in haar nek leg. Ik kus haar diep. '*Ti amo, piccolina.* Vanaf toen ik twaalf jaar oud was.'

Haar armen gaan om mijn nek als ze steeds sneller begint te bewegen. Ik zuig op haar tepels en zij drukt zich alleen nog maar meer tegen me aan. Ik voel mijn ballen hard worden en dan kom ik keihard klaar in haar kutje, helemaal voldaan.

We zitten stil, nog steeds in de meest intieme omhelzing, zo dichtbij elkaar dat er geen haartje tussen past. Eindelijk voel ik me weer compleet.

Kinsey stapt van me af en samen gaan we op bed liggen, zij met haar hoofd op mijn borst terwijl ik met mijn hand door haar haar ga.

En dan zegt ze, 'het was het lot dat ik daar die avond was, toen die inval bij Michael was. Het lot heeft ons weer samengebracht. Alsjeblieft, breek mijn hart niet nog een keer.'

Ik dwing haar me aan te kijken. 'Nooit. Ik ben die jongen niet meer.'

'Dat weet ik,' zegt Kinsey.

Haar lippen, die opgezwollen zijn door de kussen die we gedeeld hebben, krullen op in een prachtige glimlach. Het is alsof ze nauwelijks kan geloven dat ik er echt ben. Het is een blik die ik zo gemist heb.

'Geloof je in de ware liefde, Cesare?' zegt ineens op zachte toon.

Ik kijk haar aan en antwoord oprecht, 'Ja, sinds de dag dat ik jou ontmoette.'

KINSEY IS TERUG IN mijn leven en alles is geweldig.

Hoewel, *ik* weet dan misschien dat ze zich realiseert dat ik de onderbaas ben van de machtstigste maffiaorganisatie van New York, maar Michael heeft wat bevestiging nodig. Maar eerst wil ik dat ze haar wraak op Joey krijgt, want ik wil dat ze zich sterk en veilig voelt bij mij.

Kinsey en ik lopen het huis van Michael binnen, iets meer dan een maand na de inval, en mijn hoofdman heeft Joey al opgesloten in de kelder.

'Waar gaan we heen?' vraagt Kinsey.

Voordat ik de deur open, vertel ik het haar. 'Joey moet betalen voor wat hij je heeft aangedaan.' En ik doe de deur open.

Ze vertrekt geen spier als ze hem ziet. Gelukkig ziet ze dezelfde man die ik zie: een man die haar verslaafd heeft gemaakt. Joey is te ver gegaan toen hij haar pijn had gedaan, en ook al is hij een hoofdman: ik ben de onderbaas en dus hogergeplaatst dan hij. Ik had alleen de toestemming van Michael nodig om hem gevangen te houden en die kreeg ik gelijk.

Michael is er ook en begroet Kinsey, terwijl hij Joeys kin vasthoudt.

Hij is hier al weken, zonder eten. Hij heeft alleen water gekregen. Zijn verzwakte lichaam trilt en zijn blik is warrig.

'Jij...' fluistert hij terwijl hij snerend naar Kinsey kijkt.

Net als ik iets wil zeggen, verrast ze me door naar hem toe te lopen en hem bij zijn haar vast te grijpen. 'Jij maakt mensen kapot. Je pikt zwakke meisjes op van de straat en gebruikt ze. Je hebt de grootste fout van je leven gemaakt toen je mij uitkoos want ...' ze kijkt over haar schouder naar mij, '...ik ben van hem.'

Kinsey en Michael doen een stap opzij en een kwaadaardig lachje verschijnt op Michaels gezicht als ik mijn pistool uit mijn holster haal.

Joey stottert. 'Cesare, alsjeblieft...a-a-alsjeblieft. Ik wist niet dat ze van jou was.'

'Dat had je...' ik druk het kolf tegen zijn neus, '...dan eerder moeten bedenken. Niemand doet wat van mij is pijn!'

Ik geef mijn pistool aan Michael en bal mijn vuist. Ik sla Joey keer op keer en geniet van de pijn die ik in mijn knokkels voel.

Ik grijp hem bij zijn haar en grom, 'Ik ga je op de rand van de dood houden, bont en blauw geslagen, uitgehongerd, totdat je smeekt om de dood. Ik laat je lichaam afleveren bij je vrienden zodat ze weten dat ze weg moeten wezen. Iedereen die Kinsey ooit drugs heeft gegeven zal worden opgejaagd en vermoord.'

Zijn hoofd valt naar voren als ik hem loslaat en bloed druipt van zijn kin.

Ik ga tegenover Kinsey staan en steek mijn hand uit.

Michael legt uit, 'je bent nu verbonden aan het syndicaat van New York. Je bent een medeplichtige. Snap je dat? Als Cesares partner zullen we alles doen om je te beschermen. Maar als je *ons* ooit verraadt, dan betaalt *hij* met zijn leven.'

Ze slikt en ik voel zenuwen door mijn lichaam gaan. Maar mijn angst is niet nodig, want ze pakt mijn hand en knikt.

'Zorg dat mijn onderbaas gelukkig is,' zegt Michael.

'Dat zal ik doen,' zegt ze oprecht.

We laten Joey achter in zijn bloed en zweet.

Nadat we de kelder uit zijn gelopen, neem ik Kinsey in mijn armen. Ik voel me rustig en geef haar een kus op het topje van haar hoofd. Ze hoort bij me en accepteert me voor wie ik ben. We hebben niet eens woorden nodig, onze omhelzing zegt genoeg. Dit is het begin van ons leven samen.

HOOFDSTUK 16

Kinsey - heden

In Cesares arms bedenk ik me dat we misschien allemaal gebroken zijn en dat onze zielsverwant vinden ons weer compleet maakt.

Als Cesare en ik bij elkaar zijn, is alles goed – zoals altijd. Er was alleen een dramatische gebeurtenis nodig om ons weer bij elkaar te brengen. Soms moet je eerst je dieptepunt bereiken voordat je weer verder kan.

Het heeft vijftien jaar geduurd voordat we samen konden blijven Vier jaar vriendschap, zes jaar relatie en vijf jaar gescheiden van elkaar. Dat was nodig om ons te laten beseffen dat een leven zonder elkaar niet te doen is. Cesare maakt me compleet. In het verleden en voor altijd in de toekomst. Alles van hem, ook zijn rol binnen het syndicaat.

'Nu kan ik voor altijd voor je zorgen,' fluistert hij.

Ik kijk naar hem en hij zoent me vol passie en houdt me stevig vast. Ik ben thuis, waar ik hoor te zijn.

Einde